日本一短い手紙
「愛」の往復書簡
〈増補改訂版〉

本書は、平成十七年度の第三回「新一筆啓上賞—日本一小さな物語　『愛』の往復書簡」（福井県丸岡町・財団法人丸岡町文化振興事業団主催、日本郵政公社・文化庁後援、住友グループ広報委員会特別後援）の入賞作品を中心にまとめたものである。

同賞には、平成十七年六月一日～九月十五日の期間内に二万三五七九通の応募があった。平成十八年一月二十五日に最終選考が行われ、大賞五篇、秀作一〇篇、住友賞二〇篇、メッセージ賞一〇篇、丸岡青年会議所賞五篇、佳作九八篇が選ばれた。同賞の選考委員は、小室等、佐々木幹郎、中山千夏、西ゆうじ、井場満の諸氏であった。本書に掲載した年齢・職業・都道府県名は応募時のものである。

※手紙の解説文は一部を削除した。

目次

入賞作品

大賞

秀作

住友賞

メッセージ賞

丸岡青年会議所賞

「お母さんへ」

「ねつあい」って、なあに？

「息子へ」

お父《とう》さんとお母《かあ》さんのこと。

たまごっちで遊んでいて、「ねつあい」というのが出てきたそうです。
息子はどんなふうに、意味を解釈したでしょうか？-？

大賞
［日本郵政公社総裁賞］
都筑 宗哉
福井県 8歳 小学校3年

「お父さんへ」

やるじゃん。

「ともきへ」

まあね。

やっぱりお父さんはすごいなと思いました。

大賞

［日本郵政公社総裁賞］

高嶋　智樹

福井県　11歳　小学校5年

「夫へ」
今度《こんど》、生《う》まれ変《か》われるとしたら
スラッとした女《おんな》らしい、
出来《でき》る女《おんな》に生《う》まれたいわぁ。

「妻へ」
何《なん》や、今度《こんど》は俺《おれ》と一緒《いっしょ》になりたないんか？

少々太目の平凡な主婦ですが、このままでいいのかなぁって思いました。

大賞
［日本郵政公社総裁賞］
北尾 陽子
福井県 49歳 専業主婦

「嬶《かかあ》へ」

一言文句《ひとこともんく》を言《い》おうもんなら
三言《みこと》、四言《よこと》、それ以上返《いじょうかえ》ってくるなあ?!
そんだけ俺《おれ》が好《す》きか?

「宿六《やどろく》へ」

腑甲斐《ふがい》ねえあんたは好《す》かんけど、
乗《の》りかかった舟《ふね》や。
しょいねえと思《おも》うちょん。好《す》きで!

しょいねえ=仕方がない。思うちょん=思っています。

大賞
［日本郵政公社総裁賞］
三宅 英明
大分県 60歳 会社員

「生徒へ」

愛《あい》という字《じ》は心《こころ》を受《う》けると書《か》きます。

「先生へ」

若干《じゃっかん》違《ちが》うと思《おも》います。

大賞
［日本郵政公社総裁賞］
西村　瑛貴
兵庫県　16歳　高校2年

「親父へ」

おう。

「親父から」

ああ。

夢に挫折して実家に帰ってきた時、親父と私の第一声はまさにそのような感じでした。

秀作

［日本郵政公社北陸支社長賞］

三浦　カツオ

秋田県　50歳　会社員

「夫へ」

いよいよ脱毛《だつもう》がはじまった。
一週間《いっしゅうかん》でクリクリ坊主《ぼうず》…。

「妻へ」

生《い》きているだけで丸《まる》もうけ。
俺《おれ》も、坊主頭《ぼうずあたま》を付合《つきあ》ってやるよ。

抗ガン剤の副作用で脱毛に悲しむ私に、夫がさらりと言った言葉です。

秀作
［日本郵政公社北陸支社長賞］
後藤 幸子
東京都 68歳

「私からお父さんへ」

昨日《きのう》の夜《よる》ね、
お母《かあ》さんは私《わたし》を呼《よ》んだのに、
お父《とう》さんが寝言《ねごと》で「ハイ」って言《い》ったんだよ。

「お父さんから私へ」

お母《かあ》さんの声《こえ》を聞《き》いたら
とにかく「返事《へんじ》」だ。
そのうち鬼《おに》のようになるからな。

秀作
［日本郵政公社北陸支社長賞］
近埜 由香
山形県 14歳 中学校3年

「夫へ」

オッパイ一《ひと》つになっちゃったけれど、
やっぱり二《ふた》つあった方《ほう》がいいよね？

「妻へ」

本物《ほんもの》のハートつかんでるから、
一《ひと》つでいい。

乳がん術後の再建について、少し悩みました。

秀作
［日本郵政公社北陸支社長賞］
野尻 敏夫
栃木県 69歳

「妻へ」

おまえは判断力《はんだんりょく》が　無《な》い！

「夫へ」

はい、あなたを選《えら》ぶとき、
全部使《ぜんぶつか》い果《は》たしました。

使い果たしたカイはありました。

秀作
［日本郵政公社北陸支社長賞］
赤本 廣子
大阪府　主婦

「ティナへ」

空《そら》に輝《かがや》きます太陽《たいよう》と動物《（星）》にゴミ《（誓う）》ところに
私《わたし》はあなたを愛《あい》しています。

「ティナから」

わたしあいあなた
わたし〜たいあうとあなたいま。

恋人時代の妻と手紙のやり取り。インドネシア人の彼女は日本語の文法など知らないから
インドネシア語の語順通りに日本語の単語を当てはめるだけ。

秀作
［日本郵政公社北陸支社長賞］

佐々木 晋
インドネシア　44歳　会社員

「元妻へ」

もう一度《いちど》…。

「元夫へ」

もう二度《にど》と!

秀作

[日本郵政公社北陸支社長賞]

太田 博

北海道 43歳 公務員

「夫へ」

この頃《ごろ》は、私《わたし》の事《こと》など忘《わす》れたように、
話《はな》しかけてもなかなか返事《へんじ》もしてくれませんね。

「妻へ」

うーん、あんたの事《こと》ばかり考《かんが》えてると、
何《なに》も耳《みみ》に入《はい》らないいんだよ。

お互いに少し耳が遠くなったこの頃の会話です。（夫74歳、妻68歳）

秀作
［日本郵政公社北陸支社長賞］
土田 喜恵子
石川県 68歳 主婦

「妻ローズへ」

国《くに》も違《ちが》うし……僕《ぼく》には子供《こども》がいる。

それでもオーケーしてくれますか……。

「夫へ」

ワタシニ、コドモガイタラ、

アナタ、プロポーズ、シナカッタ？

外国人の妻にプロポーズした時の言葉を、往復書簡にしてみました。

秀作

［日本郵政公社北陸支社長賞］

大谷 和彦

福井県 48歳 教員

「弟へ」

ぼくは、弟《おとうと》たちが大好《だいす》きです。
でもけんかばかりで、
こんなぼくの気持《きも》ち、わかってよ。

「おにいちゃんへ」

じゃあ、おこったらだめ。

秀作
［日本郵政公社北陸支社長賞］
前田 翔汰
福井県 9歳 小学校4年

「妻へ」

二十五年前《にじゅうごねんまえ》のラブレター、
折《お》り紙《がみ》になっているのを開《ひら》いたら、
戻《もど》せなくなりました。

「夫へ」

結局《けっきょく》、私《わたし》たちの愛《あい》も、
もうあの頃《ころ》には戻《もど》らない
ということなのでしょうか？（笑）

片付けをしていたら妻からの手紙がごっそり出てきました。

住友賞
青木 太
茨城県 40歳 高校教諭

「金沢の爺ちゃんへ」

敬老《けいろう》の日《ひ》、
じいちゃんの似顔絵《にがおえ》持《も》って遊《あそ》びに行《い》きます。
髪《かみ》の毛《け》、オマケして描《か》きました。

「孫の大ちゃんへ」

絵《え》、楽《たの》しみです。
来《き》たらまた、庭《にわ》で相撲《すもう》をとろう。
もう お前《まえ》に勝《か》てないかも知《し》れません。

住友賞
西森 茂
石川県 80歳

郡部に住む孫の大悟（中学1年生）とのやりとりです。

「娘へ」

このドラマは本当《ほんとう》に感動的《かんどうてき》なのよ、
主人公《しゅじんこう》たちの純愛《じゅんあい》が。
あんたも一度《いちど》見《み》てみなさいよ。

「母へ」

うん。でもそれより、
ドラマの間《あいだ》にお皿洗《さらあら》ってくれる
お父《とう》さんに、純愛感《じゅんあいかん》じてみたら？

住友賞
栗原 美里
千葉県 18歳 高校3年

「ママへ」

ママは　あかねが　好《す》き？　きらい？　好《す》き？

どちらですか？


「あかねへ」

ママは、きらいと言《い》う言葉《ことば》を知《し》りません。

好《す》き？　大好《だいす》き？　好《す》き？　大好《だいす》きです。


八歳の娘が叱られたあとに書いてよこした手紙、涙でポタポタの紙でした。

住友賞
小林 亜紀
新潟県　36歳　主婦

「母へ」

大変《たいへん》です。

息子《むすこ》がお金《かね》がなくて困《こま》っています。

「息子へ」

そんなこと言《い》われても

こっちはあなたが生《う》まれてから

ずっとお金《かね》に困《こま》ってます。

住友賞

亀井 健史

栃木県 19歳 大学1年

「私から妻へ」

す

「妻から私へ」

き

今から48年前、恋愛中の交信です。二人とも耳が聞えませんでしたので、当時はハガキが大きな通信手段でした。

住友賞

加藤 光二

東京都 71歳

「彼女の娘さんへ」

お母《かあ》さんをお返《かえ》しするね。
こんなに小《ちい》さくなってしまったけど。
明《あか》るく優《やさ》しい人《ひと》だった。

「母の恋人へ」

ありがとう。
母《はは》の最期《さいご》の人生《じんせい》を輝《かがや》くものにしてくれて。
二人《ふたり》寄《よ》りそう姿《すがた》忘《わす》れない。

晩年母は再婚しました。幸せな人生をその方とすごしたようです。

住友賞
鈴木 明子
愛知県 会社員

「主人へ」

パパ。星《ほし》になれなくてよかったね。

「家族へ」

星《ほし》には、なれないさ。

パパは、君《きみ》たちの太陽《たいよう》だからね。

主人は、五年前十二指腸癌になり、生死の境をさまよった事もありました。でも、今は元気になり家族の為に、日々頑張ってくれています。

住友賞

田中 貴子

東京都 40歳 主婦

「お母さんへ」

すごいね、
お父《とう》さんの食《た》べたい物《もの》が
聞《き》かなくても分《わ》かって。

「娘へ」

だから夫婦《ふうふ》の会話《かいわ》が
減《へ》ってっちゃうんだよね。

住友賞
松宮 尚子
福井県 18歳 高校3年

「娘へ」

孫《まご》はまだか？

「娘からの返信」

「孫《まご》の顔《かお》を見《み》ないうちは死《し》ねん」
って言葉《ことば》、信《しん》じてるの。
一人《ひとり》しかいない親《おや》だから。

娘は三年生の時に母親を亡くした。父親のこともあってか決して早い結婚ではなかった。
それにしても五年だ。そろそろ孫の顔を見せてくれてもいい頃だ。

住友賞
石原 敬三
北海道 70歳

「妻から夫へ」

この35年間《ねんかん》、
お互《たが》いに　隠《かく》し事《ごと》は
ひとつもありませんよね。

「夫から妻へ」

実際《じっさい》のところ、
いま何《なん》キロですか、体重《たいじゅう》は。

住友賞
速水 勝彦
愛媛県　62歳

「みっちゃんへ」
宿題《しゅくだい》すんだの？　おふろ入《はい》ったの？
歯《は》みがいたの？　明日《あした》の用意《ようい》はできたの？

「おかあさんへ」
きょうも、ぜっこうちょうやわ、
おかあさんのカセットテープ。

住友賞
西田　光希
福井県　7歳　小学校2年

「母へ」

私《わたし》が一人暮《ひとりぐら》しを始《はじ》めても
さみしくない？

「娘へ」

お父《とう》さんがいるから大丈夫《だいじょうぶ》。
でもあなたがいないと
お父《とう》さん無口《むくち》になるから困《こま》るわ。

住友賞
義田 愛
福井県 18歳 高校3年

「おとうさんおかあさんへ」

おとうさんとおかあさんに、
くっつくのが大《だい》すき。
とってもきもちいいもん。

「娘へ」

いつまでくっついてくれるかな、
できれば、嫁《とつ》ぐ日《ひ》までは。

住友賞
金本 望希
福井県 7歳 小学校2年

「先生へ」

先生《せんせい》、驚《おどろ》かないで。僕《ぼく》たち今度《こんど》結婚《けっこん》します。
被露宴《ひろうえん》での祝辞《しゅくじ》をよろしく頼《たの》みますね。

「教え子へ」

知《し》ってたよ。
君《きみ》が私《わたし》に叱《しか》られている時《とき》、彼女《かのじょ》はいつも
心配《しんぱい》そうに君《きみ》をみつめていたもの。

昔の教え子から、結婚式の招待状を受けとって…。

住友賞
川上 陽一
山形県 43歳 教諭

「夫から妻へ」

お前《まえ》と共《とも》に五十年《ごじゅうねん》か。
生《う》まれ変《か》わったら又《また》一緒《いっしょ》になろうな。

「妻から夫へ」

いいわよ。
そのかわり、今度《こんど》は私《わたし》が男《おとこ》で
貴方《あなた》は女《おんな》に生《う》まれてくるのよ。

住友賞
岡村 治男
東京都 63歳

「ままへ」

こうへいおみみなおってね。
3さいか4さいでなおればいいね。
ままこうへいまもってね。

「みゆへ」

みゆちゃんたちのおかげで
ままもがんばれます。
これからもみんなでがんばろうね。

3人姉弟の末っ子長男の幸平は障害を持って生まれ、耳が聞こえません。

住友賞
稲田 美結
宮崎県 5歳 保育所

「息子から老父へ」

おとうさん、
目《め》の手術《しゅじゅつ》をして
世《よ》の中《なか》が明《あか》るくなったでしょ。

「老父から息子へ」

しばらく見《み》ないうちに、
お前《まえ》がずいぶん老《ふ》けたのには
おどろいた。

白内障の手術で入院している義父を見舞った時の夫と義父の会話。

住友賞
小賀坂 勝美
岩手県 53歳 主婦

「母へ」
米櫃《こめびつ》の囲《まわ》りにこぼれた米粒《こめつぶ》の数《かず》の多《おお》さで
母《かあ》さんの体《からだ》の衰《おとろ》えを知《し》りました。
鈍感《どんかん》でごめん。

「娘へ」
手《て》が震《ふる》えてこぼれてしまうけど、
でも大丈夫《だいじょうぶ》。
せめてご飯《はん》だけは炊《た》いとくからね。

住友賞
北原 雅與
兵庫県 61歳

病状がどんどん悪くなって、体中が痛くなって…。そんな母ですが、必死で頑張ってくれました。

「母へ」

毎朝早起《まいあさはやお》きで弁当作《べんとうつく》ってくれてありがとう。

でもうさぎのリンゴは少《すこ》しはずかしいよ。


「息子へ」

男《おとこ》の子《こ》ばかり四人兄弟《よにんきょうだい》の色気《いろけ》のない我《わ》が家《や》。

うさぎりんごぐらい入《い》れさせてちょうだい。

住友賞
杉本 太郎
熊本県 15歳 高校1年

「トマイの生綱《ちな》引く爺《じい》より海女《あま》の婆《ばあ》へ」

婆《ばあ》よ。磯笛《いそぶえ》も出《で》ん位《くら》い無理《むり》させるのう。
潮《しお》が冷《つめ》たいやろ。
爺《じい》も命《いのち》がけで命綱《ちな》引《ひ》くぞ。

「海女の婆より生綱引く爺へ」

爺《じい》の血豆《ちまめ》だらけのごつい手《て》は、
仏様《ほとけさま》の手《て》や。そっと握《にぎ》りたい……
人目《ひとめ》があり恥《は》ずかしわ。

メッセージ賞
奥村 保次
三重県 78歳

生綱を使い潜り漁をする老夫婦です。お爺の手は、私を守ってくれる仏様の手で、ありがたい手です。

「かつての少女へ」

初恋《はつこい》って、いいものですね。
30年《ねん》経《た》ってもいまのぼくを支《ささ》えてくれます。

「かつての少女から」

初《はじ》めて知《し》りました。
同窓会《どうそうかい》には、出席《しゅっせき》しないでください。

メッセージ賞
字引 章
東京都 36歳

「兄へ」

兄《にい》ちゃん私《わたし》この前学校《まえがっこう》で癲癇《てんかん》の発作《ほっさ》が起《お》きてね、皆《みな》びっくりしたらしい…涙《なみだ》。

「兄から妹へ」

てんかんてな天漢《てんかん》と書《か》くんだ。これは銀河《ぎんが》という意味《いみ》なんだぞ。お前《まえ》の頭《あたま》ん中《なか》、凄《すご》いな。

メッセージ賞
すどう りん
沖縄県

「りなへ」

りな、生《う》まれ変《か》わってもまた、お姉《ねえ》ちゃんの妹《いもうと》だよ。

「おねえちゃんへ」

おねえちゃんの妹《いもうと》！

メッセージ賞
堀井 祐佳
埼玉県 15歳 中学校3年

妹は自閉症。母に「今度生まれ変わったら、普通の妹がいい」と聞かれた時に妹に言った言葉です。

「84歳の祖母へ」

愛《あい》が欲《ほ》しいなあ。

「20歳の孫娘へ」

ゼイタク言《い》うんじゃないよ。
生《い》きてるだけでありがたいんだよ。
ナマンダブ、ナマンダブ。

メッセージ賞
桃井 国志
東京都 62歳 マンション管理人

「母へ」

地震《じしん》の時《とき》、父《とう》さんからのメールと、
母《かあ》さんからの電話《でんわ》が、同時《どうじ》に鳴《な》ったよ。

「子へ」

それを、「一《いっ》震《しん》動《どう》体《たい》。」と言《い》うの。

メッセージ賞
阿南 希美
大分県 26歳 会社員

「愛《いと》しきあなたへ」

たかし君《くん》、
洗濯《せんたく》取《と》り込《こ》んでくれてありがとう。
おかげで濡《ぬ》れずにすみました。

「俺の妻へ」

お礼《れい》はいいから
たかし君《くん》は止《や》めて下《くだ》さい。
俺《おれ》、もうすこうしで敬老会《けいろうかい》だぜ。

メッセージ賞
早石 幹子
福井県

「夫から妻へ」

お前《まえ》の温《ぬく》もりを天国《てんごく》まで持《も》っていきたい。
息《いき》を引《ひ》き取《と》るまで握《にぎ》った手《て》は離《はな》さんでくれ。

「妻から夫へ」

息《いき》を引《ひ》き取《と》る間際《まぎわ》には離《はな》すわよ、
そのまま連《つ》れてでも行《い》かれたら、
誰《だれ》が葬儀《そうぎ》やるの。

メッセージ賞

今野 芳彦
秋田県 58歳 会社員

「ママへ」

六日間《むいかかん》も一緒《いっしょ》にいてくれてありがとう。
イライラしてばかりだったねあたし。ごめん。

「春奈へ」

オモツラ過《す》ぎて信藤選手《のぶとうせんしゅ》のイライラには
全《まった》く気《き》づきませんでした。
本当《ほんとう》に楽《たの》しかったね。

「6日間」とは全国障害者スポーツ大会に水泳の選手として娘が参加した時のことです。
「オモツライ」とは、面白い！けどツライことを我家ではそう言います。

メッセージ賞
信藤 春奈
東京都 18歳 養護学校3年

「子供へ」
二人《ふたり》きりの兄弟《きょうだい》だから、
けんかしないで
いつも仲《なか》よくしてね。

「母へ」
無理《むり》だよ。
兄弟《きょうだい》だから。

メッセージ賞
小中 悠平
福井県 12歳 小学校6年

「ママへ」

このかん字《じ》なんて読《よ》むの。むずかしい字《じ》やの。
あ、まん中《なか》に心《こころ》がある、これならわかる。

「由樹ちゃんへ」

その字《じ》は「あい」って読《よ》むんやけど、
書《か》くのも難《むずか》しいけど、語《かた》るのも難《むずか》しいわ。

丸岡青年会議所賞
坂下 由樹
福井県 7歳 小学校2年

「妹へ」

世界《せかい》にたった一人《ひとり》の妹《いもうと》。
たたかれても、キックをされても、
やっぱりかわいいんだな。

「おにいちゃんへ」

おにいちゃんは、かっこいい。
でもおかあさんのつぎだから、
2ばんめだよ。ごめんね。

お兄ちゃんのこと大好きだと思ったけど、よく考えたらお母さんが一番だそうです。

丸岡青年会議所賞
倉本 征弥
福井県 8歳 小学校3年

「美山のおばあちゃんへ」

おばあちゃん、
わたしは、90才《さい》まで生《い》きるから、
おばあちゃんも、90才《さい》まで生《い》きてね。

「ゆいちゃんへ」

ゆいちゃん、ありがとうね。
でも、おばあちゃんは、
100才《さい》までがんばるよ。

丸岡青年会議所賞
吉田 結
福井県 8歳 小学校3年

「お母さんへ」

ぼくとお父《とう》さんのおなかが
あいって本当《ほんとう》なんか。

「息子の大樹へ」

そうそう、
お母《かあ》さんがいっぱい
つめこんだんだよ。

最近、太りだした息子達に言った事です。

丸岡青年会議所賞
窪田　大樹
福井県　8歳　小学校3年

「お母さんへ」

お母《かあ》さん、
お父《とう》さんとけんかばっかりしてるけど、
愛《あい》し合《あ》ってけっこんしたんじゃないの。

「さーちゃんへ」

本当《ほんと》だね。
すっかりその時《とき》の気持《きも》ちを忘《わす》れていました。
これから気《き》を付《つ》けます。

丸岡青年会議所賞
東 さや香
福井県 10歳 小学校5年

佳作

「樺太《サハリン》国民学校時代のクラスメート　半田京子さんへ」

苦労続《くろうつづ》きで醜《みにく》く老《お》いたと嘆《なげ》くが、
僕《ぼく》の胸奥《きょうおう》には、
馥郁《ふくいく》とした美女《びじょ》の君《きみ》が永遠《えいえん》に宿《やど》っている。

「半田京子より　稲荷くんへ」

再会《さいかい》した時《とき》、貴方《あなた》となら
苦難《くなん》の道《みち》も乗《の》り越《こ》えられると思《おも》った。
来世《らいせ》は必《かなら》ず共《とも》に歩《あゆ》ませて。

稲荷　正明
北海道　70歳

「夫へ」

ステーキ、豚丼《ぶたどん》、ジンギスカン。
めっきり食《た》べなくなったね。
年《とし》のせいかしらねぇ……。

「妻へ」

なんだかお前《まえ》を食《く》ってるみたいで
かわいそうでなぁ……。
その腹《はら》、何《なん》とかせよ！

中川 千鶴子
岩手県 51歳 主婦

「ちいさかった四人へ」

ほんとはね、ひとりひとり
じいっとだきしめてやりたかったんだよ。
四人《よにん》もいたからね。

「おかあさんへ」

四人《よにん》もいたからね、毎日《まいにち》が大《おお》さわぎさ。
お母《かあ》さん加《くわ》われば余計《よけい》にさ。
どこんちよりもね。

大友 裕子
宮城県 56歳

「夫へ」

あなたの心《こころ》の風邪《かぜ》。見守《みまも》るだけは辛過《つらす》ぎる。
私《わたし》は、あなたの心照《こころて》らす光《ひかり》になれませんか。

「妻へ」

心配《しんぱい》かけてすまない。
深《ふか》まる闇《やみ》。見《み》えない光《ひかり》。君《きみ》の笑顔《えがお》が私《わたし》の道標《みちしるべ》。
待《ま》っていて欲《ほ》しい。

斎藤 浩美
宮城県 45歳 主婦

「大切な息子の羽澄《はずむ》へ」

「お母《かあ》さん」って
一度《いちど》でいいから呼《よ》んでもらいたいな。
羽澄《はずむ》のとびっきりの笑顔《えがお》つきで。

「大好きなおっかぁへ」

「あっぁ!!」僕《ぼく》は毎日《まいにち》呼《よ》んでるよ。
わかんない?
八年間《はちねんかん》の想《おも》いをいっぱい込《こ》めた声《こえ》だよ。

千葉 ひろ子
宮城県 33歳 公務員

「息子へ」

一度《いちど》でも、間違《まちが》いでもいいので

「ママ」と呼《よ》んで下《くだ》さい。

宜《よろ》しくお願《ねが》いします。

「息子から」

パパー、パパー、パパー。

吉田 麻衣子
宮城県 29歳 パート

「3の4の皆さんへ」

いつも夢枕《ゆめまくら》に現《あらわ》れる君《きみ》は、笑《わら》い泣《な》き歌《うた》い叫《さけ》ぶ。
嗚呼《ああ》、時々《ときどき》安眠《あんみん》させてね、3の4の皆《みな》さん。

「担任へ」

僕《ぼく》たちはそうやって
あなたの独身人生《どくしんじんせい》に
彩《いろど》りを与《あた》えているんですよ! 先生《せんせい》!!

村上優子
福島県 35歳 高校教諭

「恋人（女性）へ」

好《す》き好《す》き好《す》き好《す》き好《す》き好《す》き好《す》き好《す》き好《す》き
好《す》き好《す》き好《す》き好《す》き好《す》き好《す》き好《す》き好《す》き、好《す》きです。

「恋人（男性）へ」

もっと言《い》って。

藤田 邦子
茨城県 34歳 主婦

「みこへ」

発見《はっけん》!!「近藤《こんどう》」って、

「藤橋《ふじばし》」に近《ちか》いってことだったんだな。

「ゆきへ」

ねぇ、それって、プロポーズ?!

「近《ちか》い」を取《と》って、「藤橋《ふじばし》」になるね。

近藤 美枝子
群馬県 28歳 小学校非常勤講師

「親愛なる貴方へ」

啓《けい》　タワシの使《つか》い方《かた》が　分《わ》かりません。

「遠国の貴方へ」

慣《な》れぬ向《む》こうの生活《せいかつ》
大変《たいへん》な事《こと》もさぞおありでしょうが、
久々《ひさびさ》の御文《おふみ》嬉《うれ》しく受《う》けとります。

大出　亜矢子
埼玉県　16歳　高校2年

「美千子様へ」
雪《ゆき》の中五時間《なかごじかん》待《ま》ったが君《きみ》は来《こ》なかった。
それが私《わたし》へのせめてもの思《おも》いやりと思《おも》ってきた。

「康孝様へ」
お手紙《てがみ》が届《とど》いていなかったと知《し》ったのは
二十五年後《にじゅうごねんご》でした。
私《わたし》たちの運命《うんめい》の岐路《きろ》でした。

長戸 康孝
埼玉県 56歳 教員

「夫から妻へ」

行《い》って来《く》るからねと、
軽《かる》く手《て》を上《あ》げ君《きみ》が入《はい》った手術室《しゅじゅつしつ》。
両手《りょうて》を合《あ》わせ待《ま》った四時間《よじかん》の長《なが》さ。

「妻から夫へ」

目《め》をさますと、
腕組《うでぐみ》をしじっと私《わたし》を見《み》てた貴男《あなた》、
そっと出《だ》した手《て》を力強《ちからづよ》く握《にぎ》ってくれたね。

佐藤 ヨキ子
千葉県 61歳 主婦

「そうちゃんへ」

生《う》まれ変《か》わったら、必《かなら》ず一緒《いっしょ》になりましょう！

「わかちゃんへ」

生《う》まれ変《か》わる前《まえ》に、一緒《いっしょ》になりませんか？

里村 和佳子
千葉県 25歳 会社員

「子から母へ」

いってらっしゃいの時《とき》の
お母《かあ》さんの二《に》の腕《うで》プルプルゆれてたよ。

「母から子へ」

振《ふ》り袖《そで》みたいでキレイでしょ。

菅原 雅
千葉県 18歳 高校3年

「おじいちゃんへ」

最近《さいきん》、おじいちゃんとおばあちゃん、
けんかしなくなったね。
どうしちゃったの。

「孫へ」

きっと仲良《なかよ》くなったってことだよ。
何《なに》も心配《しんぱい》することなんかないさ。

関 香名子
千葉県 17歳 高校3年

「父へ」

お父《とう》さん。

私《わたし》、お母《かあ》さんとは本当《ほんとう》に性格《せいかく》が合《あ》わないよ。

話《はな》してるとイライラしちゃう。

「娘へ」

すいませんねぇ。

あんなのもらっちゃって。

武田 祐美
千葉県 18歳 高校3年

「娘へ」

あなたの名前《なまえ》の「愛《あい》」は、
誰《だれ》からも愛《あい》されるようにと
心《こころ》をこめて付《つ》けました。

「母へ」

誰《だれ》からも愛《あい》されるためには、
自分《じぶん》もたくさんの人《ひと》を
愛《あい》さなければいけないよね。

妹川 愛
東京都 14歳 中学校2年

「夫へ」

（亭主《ていしゅ》、達者《たっしゃ》で外《そと》が良《い》い）と、
減《へ》らず口《ぐち》を他人《たにん》には言《い》うが今《いま》、
四畳半《よじょうはん》が広過《ひろす》ぎます。

「妻へ」

単身暮《たんしんぐら》しをするまでは
俺《おれ》のお蔭《かげ》で御前《おまえ》がと自負《じふ》していたが、
御前《おまえ》が俺《おれ》の源《みなもと》だったよ。

葛西 梢
東京都 62歳

「息子から母へ」

お袋《ふくろ》の言《い》っている言葉《ことば》が分《わ》かる、
認知症語翻訳機《にんちしょうごほんやくき》が出来《でき》るといいなァ。

「母から息子へ」

七十歳《ななじゅっさい》にもなって
まだ親《おや》の心《こころ》が読《よ》み取《と》れないの。
将来《しょうらい》が心配《しんぱい》で、死《し》ぬにも死《し》ねないよ。

五條 彰久
東京都 72歳

「父から娘へ」

小さいハゼを逃《に》がしていたけど、感心感心《かんしんかんしん》。
そのうちきっと大物《おおもの》が釣《つ》れると思《おも》うよ。

「娘から父へ」

パパ昨日《きのう》はハゼ釣《づ》り楽《たの》しかったわ。
でも私《わたし》の離婚《りこん》の理由《りゆう》を
よく話《はな》せなくてごめんなさい。

五條 彰久
東京都 72歳

「夫へ」

あなた、ごめん。

残《のこ》りの乳房《ちぶさ》も乳癌《にゅうがん》に。


「夫から」

大丈夫《だいじょうぶ》。変《か》わらない。

今《いま》までと何《なに》も変《か》わらない。

俵 政美
東京都 42歳 主婦

「池田へ」

僕《ぼく》は思《おも》う。
愛《あい》とは、人間《にんげん》、動物達《どうぶつたち》が持《も》った生命《せいめい》の源《みなもと》。
人間《にんげん》は愛《あい》のためにがんばれる。

「石渡へ」

そうだね。
でも僕《ぼく》は、愛《あい》は複雑《ふくざつ》なものだと思《おも》うよ。
僕《ぼく》らが愛《あい》を語《かた》るのは、まだ早《はや》いね。

石渡 勇太
神奈川県 13歳 中学校2年

「彼女から彼へ」

ぶっきらぼうで優《やさ》しい淳。
今《いま》のままで充分満足《じゅうぶんまんぞく》ですが、
たまには甘《あま》い言葉《ことば》が聞《き》きたいな。

「彼から彼女へ」

砂糖《さとう》。

今戸 奈央
神奈川県 31歳 会社員

「三十四才で逝ってしまったおじいちゃんへ」

天国《てんごく》で会《あ》う時《とき》は、
私《わたし》の方《ほう》がおばあちゃんだよね。

「めいへ」

急《いそ》いで年《とし》とるけど、
なるべくゆっくり来《き》ておくれ。

静田 めい
神奈川県 14歳 中学校2年

「高校の時の憧《あこが》れの女性へ」

返事《へんじ》が来《く》ることを期待《きたい》して、
転居通知《てんきょつうち》を出《だ》しました。

「シャイな○○君へ」

三十年前《さんじゅうねんまえ》に、
お返事《へんじ》しておけばよかったかしら…。

菅沼 浩一
神奈川県 49歳 自営業

「Akiko へ」

あい？

「Jean へ」

あいあい。

桃井 麻紀子
神奈川県 39歳

「娘へ」

そんな風《ふう》に淋《さみ》しがるな。
寂《さみ》しい事《こと》では無《な》い。みんな逝《ゆ》く道《みち》。
「楽《たの》しかったー」

「亡父へ」

あれからもう三年《さんねん》です。
「楽《たの》しかったー」と云《い》いきって逝《い》ったお父《とう》さん、
今《いま》も有難《ありがと》う。

山田 光根
神奈川県 56歳 自営業

「被災した父へ」

地震《じしん》に豪雪《ごうせつ》。難儀《なんぎ》らったね。
腰《こし》は大丈夫《だいじょうぶ》？　今年《ことし》は、畑《はたけ》やめれて。
また、温泉《おんせん》に行《い》こうね。

「娘へ」

ありがとの。畑《はたけ》はやめらんね。
オレの生《い》きがいらて。
西瓜《すいか》ができたら取《と》りに来《こ》いや。

草野　絹江
新潟県　54歳　主婦

「妻へ」

私《わたし》の遺影《いえい》は失明前《しつめいまえ》の写真《しゃしん》でどうだろうか。
色眼鏡《いろめがね》をかけた写真《しゃしん》は誤解《ごかい》されやすいから。

「妻から」

失明《しつめい》しても妻子《さいし》四人《よにん》を立派《りっぱ》に養《やしな》ったあなたを、
色眼鏡《いろめがね》で見《み》る人《ひと》なんかいるもんですか。

小林 桂治
新潟県 68歳 農業

「夫へ」

外国映画《がいこくえいが》のラストシーン

老夫婦《ろうふうふ》が、じっと目《め》を見《み》て　熱《あつ》い口《くち》づけ

素敵《すてき》だったよ！

「夫から」

それでは私達《わたしたち》も

老眼鏡《ろうがんきょう》と入《い》れ歯《ば》はずして　やってみますか？

ア・ハ・ハ・ハ。

中川　曙美

新潟県　65歳　主婦

「夫へ」

お父《とう》さんは、御飯《ごはん》とパン、どちらが好《す》きですか？

「夫から」

お母《かあ》さんが好《す》きです。

中川 曙美
新潟県 65歳 主婦

「ばあちゃん（母）へ」

ばあちゃん、
草取《くさと》ってる姿《すがた》が大根葉《だいこんば》に隠《かく》れて小《ち》っちゃくなったねぇ。
雨《あめ》ん時《とき》は身休《からだやす》めれねぇ。

「千代乃（子供）へ」

どうしたや、
あん時《とき》からいっぺ日《ひ》がたったなぁ、
一緒《いっしょ》ん時《とき》は早《は》ぇなぁ、また来《き》てくれやな。

由井 千代乃
新潟県 52歳 主婦

「継母へ」

あなたが亡《な》くなった夜《よる》、
私《わたし》に運転《うんてん》させ、誰《だれ》にも言《い》うなと兄《あに》は号泣《ごうきゅう》したよ。
涙《なみだ》は届《とど》いた？

「娘へ」

最後《さいご》に「かあさん」と呼《よ》んでくれた声《こえ》と
共《とも》に届《とど》いたよ。

島田 好美
富山県 50歳 会社員

「妻から夫へ」

なんで私《わたし》は「ママ」で、
あなたは「父上《ちちうえ》」なのよ?

「夫から妻へ」

幼児教育《ようじきょういく》のたまものさ。

高田 洋子
石川県 30歳 会社員

「母から娘へ」

初孫誕生《はつまごたんじょう》で一層《いっそう》あなたが愛《いと》しい母《はは》です。
今度《こんど》こそ思《おも》う存分《ぞんぶん》お世話《せわ》させていただくわ。

「娘から母へ」

祖母《そぼ》に遠慮《えんりょ》して
私《わたし》の世話《せわ》ができなかったお母《かあ》さん。
二人分《ふたりぶん》たっぷり甘《あま》えさせて頂《いただ》くね。

田中 悦子
石川県 53歳

「妻へ」

この年《とし》になって気恥《きは》ずかしいけど、
由美子《ゆみこ》と手《て》をつないで町《まち》を歩《ある》きたいと思《おも》う
僕《ぼく》は変《へん》？

「夫へ」

えっ、この年《とし》でそんなこと
恥《は》ずかしくてできないよ、
でも夜《よる》ならあなたと歩《ある》いてみたい。

田中 幸吉
石川県 48歳

「初恋の貴女《あなた》へ」

同窓会《どうそうかい》で貴女《あなた》も独身《どくしん》と知《し》り複雑《ふくざつ》な気持《きも》ちです。
お互《たが》い回《まわ》り道《みち》をし、駅《えき》に着《つ》いた気《き》がします。

「郁美から」

遠《とお》い回《まわ》り道《みち》だったけど、
生《い》きてる幸《しあわ》せを全身《ぜんしん》に感《かん》じます。
貴方《あなた》と同《おな》じ切符《きっぷ》を買《か》います。

新田 豊志
石川県 49歳 公務員

「双子の兄へ」

覚《おぼ》えてるか？　お袋《ふくろ》の腹《はら》の中《なか》での約束《やくそく》を。
誕生《たんじょう》を先《さき》に譲《ゆず》った日《ひ》から俺《おれ》は2番手《ばんて》守《まも》ってきたぜ。

「双子の弟へ」

覚《おぼ》えてるさ。俺《おれ》が長男《ちょうなん》お前《まえ》が次男《じなん》。
でも親《おや》の面倒《めんどう》、
これだけは二人仲良《ふたりなかよ》く一緒《いっしょ》にしような。

青木 亮太
福井県　16歳　高校1年

「康弘さんへ」

僕《ぼく》が死《し》んだら再婚《さいこん》してもいいよ、
でも死《し》んだら僕《ぼく》の所《ところ》へおいで。
その言葉《ことば》、私《わたし》の生《い》きる光《ひかり》。

「久子へ」

そうだよがんばるんだ
僕達《ぼくたち》の宝《たから》が一人前《いちにんまえ》になるまでは。
そしてまた逢《あ》える。愛《いと》しき妻《つま》よ。

大海 久子
福井県 37歳 主婦

「ママへ」

「ねんねのお山《やま》の…」

ぼくを何才《なんさい》やと思《おも》ってるんや。

だけど、この歌《うた》は、よくねむれる。

「大明へ」

ごめん。ごめん。つい歌《うた》ってまうんや。

八才《はっさい》だけど、

寝顔《ねがお》は、まだまだねんねの大明《ひろあき》へ。

角矢 大明
福井県 8歳 小学校3年

「父と母へ」
愛《あい》とは何《なに》かと考《かんが》えた時《とき》
お父《とう》さんとお母《かあ》さんが頭《あたま》に浮《う》かんだよ。

「娘へ」
愛《あい》とは何《なに》かと考《かんが》えた時《とき》
私達《わたしたち》もあなたが頭《あたま》に浮《う》かんだよ。

蒲生 彩乃
福井県 17歳 高校2年

「娘へ」

母《はは》になって17歳《さい》。
あなたが母《はは》にしてくれた。一《ひと》つ一《ひと》つ教《おし》えてくれた。
まだまだ新米母《しんまいはは》。

「母さんへ」

なんでこの人《ひと》が母親《ははおや》なんだろうと思《おも》うけど、
でも、この人《ひと》でなきゃ嫌《いや》だとも思《おも》う。

川口 紗希
福井県 17歳 高校2年

「お父さんへ」

となりのベッド空《あ》いていたね。
ぼくも入院《にゅういん》してのんびりしたいなあ。

「勇介へ」

でも父《とう》さんの大《おお》きないびきで
のんびり出来《でき》ないと思《おも》うよ。

川東 勇介
福井県 小学生

「おかあさんへ」

ぼくは、大《おお》きくなってもけっこんしないよ。
ずっとこのおうちにいるからね。

「春斗へ」

条件《じょうけん》があるよ。
パパの様《よう》に家事《かじ》が出来《でき》る男《おとこ》になってよ。
そしたらずっと置《お》いてあげるね。

久保 春斗
福井県 8歳 小学校3年

「お母さんへ」

ぼくとお母《かあ》さん二十年先《にじゅうねんさき》も三十年先《さんじゅうねんさき》も
ずっとずっとラブ・ラブでいようね。

「亮君へ」

お母《かあ》さんだってそうしたいけど
きっと奥《おく》さんとラブ・ラブなんだろうなあ…。

坂口 亮
福井県 9歳 小学校4年

「パパへ」

しょうこあいちけんいきたいな。

だってパパがいるんだもん。


「咲ピーへ」

パパは丸岡町行《まるおかちょうい》きたいな。

だって大好《だいす》きな咲《しょう》ピーたちがいるんだもん。

田中 咲香
福井県 7歳 小学校2年

「さやかへ」

一年生《いちねんせい》になったから一人《ひとり》で寝《ね》るって、
そんなにがんばらなくてもいいよ。

「おかあさんへ」

さみしいときや、つかれているときは、
わたしのよこでねてもいいよ。

とざわ さやか
福井県　7歳　小学校1年

「娘へ」

お米《こめ》、送《おく》りました。

じゃがいもと、さといもも入《い》れておきました。

「お父さん、お母さんへ」

チョコパイ、コーヒーにカップ麺《めん》も！

スーパー、すぐそこだって。

もう…、ありがと。

戸澤 尚恵

福井県 41歳 公務員

「お母さんへ」
愛《あい》って♡《ハート》でできているの
知《し》っていた!!

「娘へ」

すご～い。

♡《ハート》が積《つ》もれば愛《あい》になるってことネ！

祥加《ひろか》への♡《ハート》はこんなもんじゃないわよ。

中山 祥加
福井県 14歳 中学校3年

「亡夫から妻へ」

お前《まえ》、まだこなくていいよ。隣《とな》りの蓮《はす》には可愛娘《かわいこ》ちゃんがちゃんと座《すわ》っているからね。

「妻から亡夫へ」

二十五年《にじゅうごねん》経《た》ってもちっとも変《か》わらない貴方《あなた》、私《わたし》はもう八十歳《はちじゅっさい》のバッチャン。くやしい!!

前田 武子
福井県 80歳 茶華道教授

「あきおへ」

「片付《かたづ》けなさい。」
「ごはんちゃんと食《た》べなさい。」
「家《うち》の中《なか》で走《はし》るな。」

「お母さんへ」

「お母《かあ》さん、それって愛《あい》なんかあ。」

籠 明生
福井県 10歳 小学校4年

「おかあさんへ」

おかあさん、ぼくは大《おお》きくなっても
ずっと大切《たいせつ》にするよ。

「透くんへ」

ありがとう。
その気持《きも》ちずっと忘《わす》れないでください。
証拠《しょうこ》にこの手紙《てがみ》をとっておくね。

松浦 透
福井県 8歳 小学校3年

「あなたへ」

貴方《あなた》が、悲《かな》しい時《とき》・辛《つら》い時《とき》。
貴方《あなた》が、楽《たの》しい事《こと》・うれしい事《こと》。
私《わたし》も一緒《いっしょ》じゃダメですか？

「きみへ」

君《きみ》が辛《つら》い時《とき》、俺《おれ》が支《ささ》えるから。
君《きみ》がうれしい時《とき》、俺《おれ》もうれしいよ。
ずっと一緒《いっしょ》にいよう。

松山 美鈴
福井県 16歳 高校2年

「父へ」
五時《ごじ》に学校《がっこう》。

「娘へ」
ほい。おじょうさま。

山田 真奈巳
福井県 18歳 高校3年

「おかあさんへ」

おかあさんいつもぼくをそだててありがとう。

そだててなかったらぼくはまだ子《こ》どもだよ。


「孝司へ」

今《いま》でも十分《じゅうぶん》子供《こども》だよ。

大人《おとな》になっても、ずっとお母《かあ》さんの子供《こども》だよ。

吉田 孝司
福井県 9歳 小学校3年

「娘・妙夏へ」

毎日毎日《まいにちまいにち》、何《なん》でもかんでもお母《かあ》さんお母《かあ》さんって、

お母《かあ》さん、もうよう疲《つか》れるわ。

「おかあさんへ」

ほんなら、はよおばあちゃんになんねん。

わたしがおかあさんなるで。

吉田 妙夏
福井県 7歳 小学校1年

「教え子Yさんへ」

昔《むかし》、神戸《こうべ》での同窓会《どうそうかい》で

「バツ一同士《いちどうし》で」と結婚披露《けっこんひろう》していたけど、

その後《ご》、如何《いかが》?

「昔の中学の担任へ」

翌年《よくねん》にあの震災《しんさい》。

彼《かれ》、ずっと私《わたし》にかぶさっていてくれました。

以来《いらい》、心底《しんそこ》、仲良《なかよ》しです。

藤田 好秋

静岡県 74歳

「祖母の介護をしている父へ」

介護《かいご》の為《ため》に定年目前《ていねんもくぜん》での退社《たいしゃ》。
歯《は》を磨《みが》いてあげる後《うし》ろ姿《すがた》。
愛《あい》を感《かん》じずにはいられません。

長谷川 知子
愛知県 30歳 主婦

「娘へ」

絶対無理《ぜったいむり》だと思《おも》っていたけど
やれるもんだな。
お前《まえ》もいつかきっとわかるよ、この気持《きも》ち。

「クラスのみんなへ」

僕《ぼく》のためにみんなぼうずにしてくれてありがとう。
ほんとうに嬉《うれ》しかった。

「クラスのみんなから」

君《きみ》の命《いのち》を守《まも》る力《ちから》はないけど、
僕《ぼく》らは君《きみ》と生《い》きていくことはできるんだ。

和田 真実
愛知県 17歳 高校3年

「母へ」
おかあさんは何《なん》で私《わたし》を
ちっとも怒《おこ》らんだん？

「私へ」
だってさっちゃんは、
ちっとも悪《わる》いことせんだよ。

岡田 幸子
三重県 44歳 自営業

「母へ」
お母《かあ》さん、怒《おこ》るとめっちゃ怖《こわ》かったで。
そのたびに、私《わたし》のこと嫌《きら》いになった思《おも》てたわ。

「娘へ」
嫌《きら》いになったなんて一度《いちど》もあらへんよ。
そん時《とき》、ちょっとだけ
好《す》きやなくなっただけや。

戸上 喜之
三重県 44歳 地方公務員

「愛しの我が娘へ」

愛《あい》してる。

「パパへ」

ママにも言《い》ってね。

松田 博
三重県 32歳 公務員

「幸絵へ」

幸絵ご免《めん》。会社潰《かいしゃつぶ》れちゃった。結婚延期《けっこんえんき》してくれ。

「郁也へ」

そう。でもそれなら又毎日会《またまいにちあ》えるね。

酒本 郁也
大阪府 32歳

「僕へ」

「会《あ》いたい」って「愛《あい》したい」からきてるのかな。
僕《ぼく》は僕《ぼく》に会《あ》いたい。久《ひさ》しく見《み》てない。

「僕へ」

僕《ぼく》は生《う》まれた時《とき》からいっしょにいるよ。

佐藤 恵三
大阪府 18歳 短期大学1年

「私から夫へ」

35年《ねん》も続《つづ》いた訳《わけ》は私《わたし》が相手《あいて》を選《えら》ぶ時《とき》もその後《あと》も、
ずっと両目《りょうめ》をつむっていたからですよ！

「夫から妻へ」

もう大《おお》きい目《め》開《あ》けて良《い》いよ。
年取《としと》れば目《め》も小《ちい》さくなるし、
かすんでくるから大丈夫《だいじょうぶ》。（笑）

平山 絹江
大阪府 56歳 主婦

「おじいちゃんとおばあちゃんへ」
長生《ながい》きしてや。

「孫へ」
まかせとき。

和田 真実
大阪府 17歳 高校2年

「お母さんへ」

お母《かあ》さんの顔《かお》ってごっついなぁ。
ほんまに顔近《かおちか》かったら泣《な》きそうになるわぁ。

「娘へ」

あんた、お母《かあ》さんにそっくりって
言《い》われとるんやで。

井上佳奈
兵庫県 16歳 高校2年

「母　三木宜子様へ」

お母《かあ》さんへ、なかなか心配《しんぱい》の種《たね》が減《へ》らず、
ゴメンネ。規予美《きよみ》

「長女　規予美へ」

何《なに》も言《い》う事《こと》のない人生《じんせい》なんて
つまらないと思《おも》わへん？
悩《なや》んで、怒《おこ》って最後《さいご》に笑《わろ》たらえええ!!

岡田　規予美
兵庫県　35歳　主婦

「彼から彼女へ」

いつも貴方《あなた》とは意見《いけん》が合《あ》わずケンカばかりです。
僕達《ぼくたち》このままでいいのでしょうか。

「彼女から彼へ」

確《たし》かに貴方《あなた》とは意見《いけん》が合《あ》いません。
でも、それがわかったので
もう恐《こわ》くはありません。

奥田 佐和子
兵庫県 18歳 専門学校1年

「夫 賢治へ」

結婚《けっこん》して40年《ねん》。よくさよならせずにきたものです。
あなたに箸棒頑太《はしぼうがんた》と命名《めいめい》します。

「妻 幸子へ」

これからもずっと箸棒頑太《はしぼうがんた》でいます。
今後《こんご》ともよろしくとはよういいませんが。

下司 幸子
兵庫県 64歳

「妻へ」
ずいぶん長《なが》く一緒《いっしょ》にいますね。

「夫へ」
いろんな事《こと》がありすぎて、
私《わたし》には短《みじ》かすぎましたよ。

西川　ツヨ子
兵庫県　51歳

「あなたへ」
お元気《げんき》ですか？
受話器《じゅわき》を置《お》いたまま、
何度《なんど》あなたに電話《でんわ》をかけたでしょうか？

「君へ」
君《きみ》は知《し》らないだろう。
君《きみ》の駅《えき》のホームで何万分《なんまんぶん》の一《いち》の偶然《ぐうぜん》に
胸《むね》を躍《おど》らせていた僕《ぼく》のこと。

朴由美
兵庫県　30歳　会社員

「娘へ」

今《いま》どこ!?
いつまで遊《あそ》んでるん、
はよ帰《かえ》って来《き》い!!

「お母さんへ」

家《いえ》の前《まえ》。
はよ、カギ開《あ》けて。

町田 愛望
兵庫県 17歳 高校2年

「子から母へ」

愛情《あいじょう》って普通《ふつう》にしてたら、
目《め》に見《み》えへんから分《わ》からんな。

「母から子へ」

そうやな。でも、お母《かあ》さんには
いっぱいピンクのハートが見《み》えてるで。

冨 柚香子
奈良県 15歳 中学校3年

「親友へ」
どれがいい？ と聞《き》くと
「どれでもいい、これがいい」と言《い》う君《きみ》が好《す》き。

「親友へ」
具合悪《ぐあいわる》そうだね、と聞《き》くと
「頭痛《ずつう》が痛《いた》い」と言《い》った君《きみ》がもっと好《す》き。

石飛 葉子
島根県 16歳 高校2年

「お母さんへ」

勉強《べんきょう》できなくてごめんね。

でも頑張《がんば》るよ。

「娘へ」

それは遺伝《いでん》だから気《き》にしなくていいよ。

頑張《がんば》れ。

氏田 有香

岡山県 17歳 高校2年

「夫へ」

誰《だれ》にも邪魔《じゃま》されず二人《ふたり》でいるために結婚《けっこん》したけど、
今《いま》は五人家族《ごにんかぞく》になっちゃいましたね。

「妻へ」

あと15年《ねん》もすれば、また二人《ふたり》っきりだよ。
その時《とき》にイヤだなんて言《い》わせないからね。

金田 多美恵
岡山県 高校講師

「恋人へ」

青空《あおぞら》が好《す》き。

あなたが笑《わら》うと私《わたし》も青空気分《あおぞらきぶん》。

今《いま》もドキッとするよ。


「恋人へ」

青空《あおぞら》が好《す》き。

一緒《いっしょ》にながめてる。

最初《さいしょ》に見《み》つけた二人《ふたり》の共通点《きょうつうてん》。

鈴木 和恵
岡山県 18歳 高校3年

「母から留学先の娘へ」

あなたの代《か》わりに来《き》たアメリカ人《じん》の男《おとこ》の子《こ》。
背《せ》は高《たか》くてハンサム。私《わたし》夢《む》中《ちゅう》で世《せ》話《わ》してる。

「留学している娘から母へ」

言葉《ことば》わからずつらい。
お母《かあ》さん私《わたし》の事《こと》
たまには思《おも》い出《だ》してくれていますか。

高橋 朋子
岡山県 61歳

「単身赴任している妻へ」

往復《おうふく》340kの毎週《まいしゅう》のドライブ、
体力的《たいりょくてき》にもきついだろう。
たまにはそっちでゆっくり休《やす》め。

「留守宅の夫へ」

とかなんとか言《い》って、
本当《ほんとう》は淋《さび》しいんでしょ。
やっぱり今週《こんしゅう》も帰《かえ》ります。

渡辺 光子
岡山県 53歳 国家公務員

「46歳の私へ」

意外《いがい》ね！　四人《よにん》の子《こ》の母《はは》になってるなんて。
しかも、同級生《どうきゅうせい》のY君《くん》が夫《おっと》になってるなんて!!

「20歳の頃の私へ」

そうね人生《じんせい》って不思議《ふしぎ》！
でも…悪《わる》いけど、あの頃《ころ》のあなたより
今《いま》の私《わたし》の方《ほう》がずっと好《す》き!!

山本　華織
広島県　46歳　主婦

「老妻へ」

老《お》いて習《なら》ったダンスで知《し》った節《ふし》くれた手《て》。
お詫《わ》びと感謝《かんしゃ》でステップが乱《みだ》れました。

「夫へ」

月明《つきあか》りの部屋《へや》、ワルツを踊《おど》る老《お》い二人《ふたり》。
何《なん》という幸《しあわ》せな時間《じかん》でしょうか。

吉岡 敏郎
広島県 63歳

「夫へ」

お酒《さけ》飲《の》まない。かけごとしない。
煙草《タバコ》も程々《ほどほど》のあなた。
この私《わたし》を選《えら》んだ理由《りゆう》は？

「妻へ」

いつも夢《ゆめ》みがちな君《きみ》と結婚《けっこん》したら
人生自体《じんせいじたい》がギャンブルみたいで
楽《たの》しそうだったから。

河田 陽子
山口県 28歳 主婦

「みっちゃんへ」
ぼくらの夢《ゆめ》は、
エンピツとケシゴムで、綴《つづ》られる。

「しげちゃんへ」
いつまでも、少年少女《しょうねんしょうじょ》で、いましょうね、
おじいちゃん。

中原 繁博
高知県 55歳 船員

「彼へ」

しばらく逢《あ》っていませんがお元気《げんき》ですか？
私《わたし》の事《こと》忘《わす》れていませんか？

「佳代さんへ」

まだ一週間《いっしゅうかん》しかたっていないし、
一日五通《いちにちごつう》もメールが届《とど》けば忘《わす》れられません。

久保園 佳代
福岡県 37歳

「妻へ」

入学式《にゅうがくしき》で一目《ひとめ》惚《ぼ》れ、20年《ねん》のアタックで結婚《けっこん》。
隣《となり》で眠《ねむ》る初恋《はつこい》の君《きみ》、これは、まだ夢《ゆめ》の続《つづ》き?

「夫へ」

思《おも》いは小《ちい》さな命《いのち》にも。
やきもちやきの君《きみ》、瓜二《うりふた》つの父娘《ちちむすめ》の寝顔《ねがお》に、
今《いま》は私《わたし》が妬《や》いてます。

小松 由美
福岡県 37歳 主婦

「孫の弘君へ」

弘君《ひろしくん》、まだ登校《とうこう》できないんだね。
私毎日君《わたしまいにちきみ》のこと考《かんが》えているよ。
開《ひら》けゴマでなく、心《こころ》を!!

「佐賀のばあばへ」

僕《ぼく》は自分《じぶん》の力《ちから》で登校《とうこう》できるようになりたい。
校門《こうもん》までは行《い》けるよ。
もう少《すこ》しだ、待《ま》って!!

土井 ミチエ
佐賀県 75歳 主婦

「夫へ」

9つの都市《とし》と13ヶ所《しょ》の家《いえ》に住《す》むとは
夢《ゆめ》にも思《おも》いませんでしたね。
定年《ていねん》まで3年《ねん》住《す》む所《ところ》は?

「妻へ」

みんなよく頑張《がんば》った。
転勤《てんきん》の大変《たいへん》さは身軽《みがる》にする事《こと》で軽減《けいげん》する。
残《のこ》りわずかな旅《たび》の準備《じゅんび》を。

小山勇一郎
長崎県　56歳

「父へ」

学校《がっこう》の授業《じゅぎょう》を無意味《むいみ》に感《かん》じて。
夢《ゆめ》を追《お》うために中退《ちゅうたい》して働《はたら》く俺《おれ》を
理解《りかい》してくれて、感謝《かんしゃ》。

「息子へ」

お前《まえ》の気持《きも》ちは理解《りかい》できない。
だけど、受《う》けとめた。
人生《じんせい》、やり直《なお》しがきくからな…。

春明 文一
長崎県　50歳　会社員

「妻へ」

すぐには幸福《こうふく》へ行《い》けないかもしれませんが
乗《の》っていて下《くだ》さい。
道《みち》を逸《そ》れずに運転《うんてん》します。

「夫へ」

あのプロポーズから二十二年《にじゅうにねん》。
あなたの隣《とな》りはいい乗《の》り心地《ごこち》です。
ずっと乗《の》せていてね。

岸 信子
熊本県 50歳 主婦

「パパへ」

どうしていつもほっぺとほっぺですきすきするの。
ちょっとチクチクするんだけど。

「あいちゃんへ」

だってあいちゃんがすきなんだもん。
こんどからときどきにするね。

清田 恵愛
熊本県 3歳 幼稚園年少組

「妻へ」

野球《やきゅう》と酒《さけ》しか興味《きょうみ》のない子供《こども》みたいなオレに
よく黙《だま》ってついてきてくれたね。ありがとう。

「夫へ」

西口君《にしぐちくん》。こうちゃん。あなた。
呼《よ》び方《かた》は変《か》わっても、
あなたへの気持《きも》ちは変《か》わりません。

西口　瑠美子
熊本県　59歳　教師

「母へ」

合格発表《ごうかくはっぴょう》の日《ひ》、私《わたし》が一番嬉《いちばんうれ》しいはずなのに
私以上《わたしいじょう》に喜《よろこ》んで泣《な》いていたよね。ありがとう。

「娘へ」

あなたがどれだけ頑張《がんば》ってきたのか
お母《かあ》さんが一番知《いちばんし》っているから。おめでとう。

西﨑 成美
熊本県 高校1年

「お母さんへ」

愛《あい》なんていままで腐《くさ》るほどもらったよ。
けど、いらない愛《あい》はひとつもなかったよ、お母《かあ》さん。

「光へ」

だって、いらない愛《あい》をあげた覚《おぼ》えはないもの。

宮田 光
熊本県 16歳 高校1年

「夫から妻へ」

手足不自由《てあしふじゆう》な今《いま》、脆《もろ》い愛《あい》の言葉《ことば》より、
君《きみ》の「夫婦《ふうふ》で長生《ながい》きしよう」が100倍嬉《ばいうれ》しい。

「妻から夫へ」

失《うしな》って夫婦《ふうふ》を宝《たから》と知《し》り、位牌《いはい》に語《かた》るより、
生《い》きて話《はな》し応《こた》えるパートナーでいてほしい。

安達 哲男
大分県 64歳

「おかあさんへ」

おかあさん、いっぱいいっぱい大《だい》すき
ずっとずっとずーっと大《だい》すき　ゆきの

「ゆきのへ」

あなたが生《う》まれた日《ひ》　嬉《うれ》しくて流《なが》した涙《なみだ》の味《あじ》
茜色《あかねいろ》にそまった　空《そら》の色《いろ》
忘《わす》れないよ　いつまでも　母《はは》

森　真由美
大分県

「耳が自由な人へ」

僕《ぼく》は自由《じゆう》な耳《みみ》が欲《ほ》しい。
世界中《せかいじゅう》の人《ひと》の優《やさ》しい声《こえ》だけが聴《き》こえる
人工耳《じんこうみみ》を発明《はつめい》して下《くだ》さい。

「耳の不自由な僕へ」

ずうっと龍《ドラゴン》の絵《え》ばかり描《か》いていた。
龍《ドラゴン》＋耳《みみ》＝聾《ろう》なんだって！
僕《ぼく》と龍《ドラゴン》は一心同体《いっしんどうたい》の親友《しんゆう》だ。

甲斐 勇大
宮崎県 11歳 小学校5年

「弟へ」

勝手《かって》に国《くに》を棄《す》てたお前《まえ》はもう帰《かえ》って来《く》るな。
出稼《でかせ》ぎも絶対赦《ぜったいゆる》さん。もう勘当《かんどう》だ。

「恐い兄へ」

焼酎《しょうちゅう》飲《の》みながらぽかりとやられた
あの兄貴《あにき》のこぶし、暖《あたた》かかったよ。

松村 滋樹
ブラジル 63歳 会社員

あとがき

この回から、新一筆啓上賞が新たな旅立ちをしました。

二十五文字から三十五文字までではなくてはならないというルールについて、「往」「復」いずれも一文字から四十文字までということになったのです。一文字でもかまわないし、四十字でもいいわけです。手紙とは何か、どうしたら心を伝えられるのか――字数の制限をゆるやかにすることによって、いったいどんな作品が寄せられるのか、楽しみ半分、不安半分の気持ちでした。

いざ、ふたをあけてみると、第一回、第二回を上回る二万三五七九通もの応募がありました。そして、「愛」というファジーなテーマにもかかわらず、より具体的に、強い意思と熱い想いで「愛」を伝えようとした作品と出会うことができました。

一筆啓上の作品は、やはり一方通行のままでも、その力は十分に手紙として形をなすものかもしれません。また、往復書簡にしたことで、物語を、想いを完結させてしまわなければならなくなったことも事実です。

この何げない手紙のやりとりが、自己完結型であろうと、二人のやりとりであろうと、それを読むわれわれに多くの感動と、手紙をかわすことの大切さを教えてくれることには変わりありません。この事実だけは大切にしていかなければと思っています。

今という時代だから、あらためて「愛」のあり方が問われている。そんな気がしてなりません。「本当の愛は……」などとは言いませんが、今回の作品集を読んでいただければ、それぞれの愛がもつ、大きさや広さ、強さや優しさを感じていただけるのではないでしょうか。

住友グループ広報委員会の皆さんには予備選考で多くの「愛」を見つめていただきました。心より感謝いたします。

井場満さんには、住友グループ広報委員会の皆さんと力を合わせて感動的な作品を、小室等さんには事実上、選考委員長としてバランスのとれた「愛」の姿を見つめていただきました。佐々木幹郎さんには愛を超越した作品と厳しく対峙していただきました。西ゆう中山千夏さんには愛をいつくしみながら、楽しみながら選んでいただきました。

じさんには唯一、丸岡の出身者としてふるさとに支えるべき「愛」の姿を浮き彫りにしていただきました。

日本郵政公社（現　郵便事業株式会社）の皆様の熱いご支援、住友グループ広報委員会の皆様とのご縁、そしてご支援に感謝しています。ありがとうございました。

この増補改訂版発刊にあたり、丸岡町出身の山本時男さんがオーナーである株式会社中央経済社の皆様には、大きなご支援をいただきました。ありがとうございました。

最後になりましたが、西予市との友好関係がさらに進化し、発展することに対して、関係者の方々に感謝いたします。

二〇一二年四月吉日

編集局長　大廻　政成

日本一短い手紙「愛」の往復書簡　新一筆啓上賞〈増補改訂版〉

二〇一二年五月一日　初版第一刷発行

編集者――喜夛正之
発行者――山本時男
発行所――株式会社中央経済社
〒一〇一－〇〇五一
東京都千代田区神田神保町一－三一－二
電話〇三－三二九三－三三七一（編集部）
〇三－三二九三－三三八一（営業部）
http://www.chuokeizai.co.jp/
振替口座　00100-8-8432
印刷・製本――株式会社　大藤社
編集協力――辻新明美

＊頁の「欠落」や「順序違い」などがありましたらお取り替えいたしますので小社営業部までご送付ください。（送料小社負担）

ISBN978-4-502-45530-8　C0095